Vente du Mercredi 9 Avril 1873

TABLEAUX

AQUARELLES

DESSINS, BRONZES, ETC.

OFFERTS PAR DIVERS ARTISTES

A UNE FAMILLE MALHEUREUSE DE BARBIZON

ET

TABLEAUX DIVERS

PROVENANT DE PLUSIEURS COLLECTIONS

COMMISSAIRE-PRISEUR

Mᵉ BOUSSATON

39, rue de la Victoire.

EXPERT

M. COLOMBEL

8, rue Lafayette.

IMPRIMERIE J. CLAYE
RUE SAINT-BENOIT 7
PARIS

CATALOGUE

DES

TABLEAUX

AQUARELLES

DESSINS, BRONZES, etc.

OFFERTS PAR DIVERS ARTISTES

A UNE FAMILLE MALHEUREUSE DE BARBIZON

ET

TABLEAUX DIVERS

PROVENANT DE PLUSIEURS COLLECTIONS

DONT LA VENTE PUBLIQUE AURA LIEU

HOTEL DROUOT, SALLE N° 9

Le Mercredi 9 Avril 1873

A DEUX HEURES PRÉCISES

PAR LE MINISTÈRE DE **M° BOUSSATON**, COMMISSAIRE - PRISEUR

Rue de la Victoire, 39

ASSISTÉ DE **M. COLOMBEL**, EXPERT, RUE LAFAYETTE, 8

EXPOSITION PUBLIQUE

LE MARDI 8 AVRIL 1873, DE 1 HEURE A 5 HEURES

1873

CONDITIONS DE LA VENTE

Elle aura lieu expressément au comptant.

Les adjudicataires payeront cinq pour cent en sus des enchères, applicables aux frais.

NOTA

On commencera par les Objets offerts.

DÉSIGNATION

Première Partie

TABLEAUX ET DESSINS

OFFERTS PAR DIVERS ARTISTES

A UNE FAMILLE MALHEUREUSE DE BARBIZON

1. — ANASTASI......... Une aquarelle.

2. — ACCARD.......... Une figure.

3. — BARRIAS......... Jeune Italienne (aquarelle).

4. — BABCOCK......... La Ménagère.

5. — BERTHON........ Paysan d'Auvergne (dessin).

6. — BAUDIER........ Entrée de parc.

7. — BOMBLET........ Promenade à cheval (aquarelle).

8. — BRETON (E.)..... Dessous de bois.

9. — BRANDON........ Italienne (aquarelle).

25. — GIRARD (LÉON)... Forêt de Fontainebleau.

26. — GILBERT......... Cuisinière revenant du marché
(offert par M. Brebant).

26 *bis*. — HADOL......... Course d'ânes (aquarelle).

27. — HERVIER......... Une Rue de Rouen (aquarelle).

28. — JUSTIN-OUVRIÉ... Amsterdam (aquarelle).

29. — LAISNÉ (V.)....... La Petite Ménagère.

30. — LEMAIRE......... Fleurs.

31. — LACHÈVRE........ Un dessin.

32. — LAZERGES........ Amours.

33. — LECŒUR (J.)..... Chevrières.

34. — LAVIEILLE (E.).... La ferme de Longpont (Aisne).

35. — MILLET (J.-F.).... Un Paysan.

36. — MILLET (E.)...... Intérieur.

37. — MOUILLON .... Avant l'orage.

38. — MASSIAS.......... Forêt de Fontainebleau.

39. — PARIS............ Animaux (pastel).

40. — PENNE (DE)...... Chiens de chasse.

41. — PILS............ Un croquis.

42. — PLAISANT........ Gentil Barbier.

43. — QUEVREMONT.... Pluviers dorés.

44. — SCHREIBER...... Petite Italienne.

45. — SOYER (P.)....... Tête de diacre (étude).

46. — VOJAVE.......... Paysage.

47. — ZIEM............ Têtes d'étude (d'après Rembrandt).

48. — SUREAU.......... Le Tothyou (Maine-et-Loire).

49. — DELMOTTE....... Nature morte.

50. — KUYTENBROUWER Un Tableau.

Deuxième Partie

TABLEAUX ET DESSINS

PROVENANT

DE DIVERSES COLLECTIONS

53. — APPIAN............ Paysage (fusain).

54. — AUBRY............ Laveuses.

55. — BOUCHARDY...... Pierrot.

56. — BOUCHER........ Décoration.

57. — BRUNE (C.) ...... L'Ensevelissement.

58. — BOUDIN.......... Marée basse.

59. — BOUDIN.......... Trouville (aquarelle).

60. — BAKHUYZEN...... Pâtre et Animaux.

61. — CHAPLIN .... La Musique (aquarelle).

62. — COROT .... Paysage.

63. — CHAVET .... La Confidence (sanguine).

64. — COURBET .... Paysage.

65. — COURBET .... La Toilette.

66. — CRAPELET .... Le Nouveau-Né.

67. — CHARPENTIER .... Tête d'enfant.

68. — COGNIET (LÉON) .. Pêcheurs napolitains.

70. — DIAZ .... Forêt.

71. — DREUX (DE) ...... Promenade à cheval.

72. — DREUX (DE) ...... L'Amazone.

73. — DELACROIX (E.) ... La Sculpture (pastel).

74. — DULONG .... Huit dessus de porte.

75. — DUVIEUX......... Marine.

76. — FICHEL........... Un Laquais.

77. — FICHEL.......... Violoniste.

78. — FICHEL........... Fumeur.

79. — FRÈRE (TH.)..... Place Hat Maïdam au Caire
                       (Égypte).

80. — GRENIER........ Petits Maraudeurs.

81. — JACQUE.......... Paysage avec moutons.

82. — LHULLIER....... Un Turco.

83. — LANCRET........ Scène champêtre.

84. — LANSYER........ Rochers de Douarnenez.

85. — LEDOUX (Mlle)..... L'Innocence : sur le châssis se
                       trouve ces mots : *A madame
                       Lebrun — Greuze.*

86. — LEPAULLE........ Au château de Pontchartrain ;
                       Louis XIV et Mme de Main-
                       tenon. (Liste civile et Neuilly.)

87. — MULLER (C.-L.)... Femme italienne, étude (crayon
         rehaussé).

88. — MARILHAT........ Halte de caravane (aquarelle).

89. — PALIZZI............ L'Abreuvoir.

90. — PERIGNON........ La Muse.

91. — PERIGNON........ Une Patricienne.

92. — PERIGNON......... Une Abbesse (pastel).

93. — PICOU............ La Jeune Mère.

94. — PAPON............ Paysage.

95. — PAPON........... Vue d'Auvergne.

96. — PILS............. Artilleurs (aquarelle).

97. — TEICHET......... Intérieur (aquarelle).

98. — TESSON.......... Une Cour au Caire.

99. — VERNET (J.)...... Baigneuses ; provient de la
         chambre de Louis XIV.

100. — VERNIER........ Paysage.

101. — VILLAIN......... Nature morte.

102. — VEYRASSAT...... L'Abreuvoir.

103. — VINCELET....... Giroflées.

104. — WATTELET....... Paysage.

PARIS. — J. CLAYE, IMPRIMEUR, 7, RUE SAINT-BENOIT. — [533]

www.ingramcontent.com/pod-product-compliance
Lightning Source LLC
LaVergne TN
LVHW021621170726
843501LV00010B/4100